AF563819

CHARLES DERENNES

PERSÉPHONE

POÈME

PARIS
LIBRAIRIE GARNIER FRÈRES
6, RUE DES SAINTS-PÈRES, 6

POÉSIES DU MÊME AUTEUR :

L'ENIVRANTE ANGOISSE.

LA TEMPÊTE, *ouvrage couronné par l'Académie française.*
[Ces deux recueils publiés par les soins de la librairie Ollendorff, celui-là en 1904, celui-ci en 1906.]

A PARAÎTRE :

En langue d'oui :

LE LIVRE DES AMOURS.

En langue d'oc :

LAS ALEGORIAS APASIÉUNADAS.

PERSÉPHONE

1905-1919

Il a été tiré de cet ouvrage vingt exemplaires de luxe, numérotés, sur papier pur fil.

CHARLES DERENNES

PERSÉPHONE

POÈME

PARIS
LIBRAIRIE GARNIER FRÈRES
6, RUE DES SAINTS-PÈRES, 6

PRÉFACE

Les lignes qui suivent furent écrites au début de 1914 par Charles Perrot, dans une revue qui avait pour titre *le Double Bouquet.*

« ... Quand il a conçu le plan de *Perséphone,* Charles Derennes a voulu écrire le poème du Souvenir, à quoi tout se résume pour l'homme aux différents stades de la vie.

« Dans le premier chant, l'homme, en la force de son âge, se rappelle son enfance, sa jeunesse et vit de ses souvenirs enfermés en lui ainsi qu'en un tombeau inviolable. Mais les souvenirs de jeunesse se réduisent presque tous à d'amoureux regrets, à la contemplation intérieure des plaisantes images de jadis, trop tôt devenu du passé ; aussi ce premier chant s'intitulera-t-il *les Amantes*.

« Puis l'homme vieillit ; un jour vient où il connaît les fils de ses fils, où il est à son tour un ancêtre, où il touche le grand mur noir derrière lequel il sent confusément que s'agitent des ombres. A ce moment, quand « le Fleuve »

.... va joindre, au bout de la mémoire,
Le nocturne pays où coule le Léthé,

l'homme ne songe déjà plus uniquement au passé qui lui est propre, il se souvient aussi du temps où il n'était encore

Qu'une goutte de sang au cœur de ses aïeux,

il se tourne vers le passé collectif, vers le passé de sa race. Et tel sera l'objet du second chant, *les Ancêtres.*

« Dans le troisième chant, *Dieu et les Dieux*, l'homme va plus loin encore, et, par delà la race, il songe au monde, à l'univers qui, présent, passé ou avenir, lui apparaît plutôt comme un souvenir que comme l'œuvre de Dieu, ou encore comme une rêverie du Grand Pan, — formules qui sont probablement indifférentes au poète.

« Et, enfin, l'homme aura à se demander encore ce que cette partie de Dieu et de l'Incommensurable où il nous a été donné de vivre, deviendra. Quel sera l'avenir de notre planète et de l'humanité ?... Tel sera l'objet du dernier chant, *la Terre et les Temps*... »

***

Je n'ai pas cru nécessaire de donner aux strophes de *Perséphone* qui suivent, et qui me semblent former un tout, le sous-titre que je prévoyais naguère pour elles. « Les souvenirs de jeunesse se réduisent presque tous à d'amoureux regrets... » Les dates inscrites au début de ce livre suffisent à en laisser pressentir le sujet et l'inspiration, le ton et les images : ces dates, en effet, marquent et délimitent la durée qui sépare ma jeunesse du temps dénommé le milieu du chemin par celui que guida la première Béatrice.

Que les autres « chants » du poème, de l'ensemble fervemment conçu et caressé, soient terminés déjà, ou à peine esquissés encore, cela est sans intérêt pour le public, sans importance pour moi ; il est à la louange de notre âme que les œuvres où nous voudrions la mettre toute entière ne nous semblent jamais finies. Les autres chants verront le jour plus tard, — je ne dis plus, aujourd'hui, avec indifférence : s'il plaît à Dieu ou au Grand Pan ; je dis, plus simplement et plus sagement sans doute : s'il plaît à Dieu.

Je n'ai rien à ajouter à l'exposé de mes desseins tels que les avait définis Charles Perrot. Il les connaissait aussi bien que moi ; maintes fois, même, quand nous en conversions ensemble, sa lucide raison m'aidait à les concevoir mieux et, déjà, à tenir presque en ma main ces chers et capricieux fugitifs. Charles Perrot est tombé face à l'ennemi dès les premiers mois de la guerre, devançant de peu Émile Despax, dont la voix fut étouffée aussi par la fureur de l'orage inexpiable. Et combien d'autres poètes sont morts comme eux, et combien d'autres poètes encore, non moins aimés, — ô Charles Guérin, Olivier de la Fayette !... — les avaient précédés dans l'ombre, avant que la Guerre borgne et louche eût aidé l'aveugle Destin à frapper parmi les meilleurs ?

De tant de jeunes poètes morts, Despax et Perrot, entre mes vingt ans et l'heure présente, restent ceux à qui m'a uni la plus étroite familiarité d'esprit et de cœur, de pensée et de rêverie. L'un avait vu naître l'idée de ce poème, l'autre le connut presque achevé et à peu près tel que je le publie. C'est pourquoi je le leur consacre. Et je le voue, au delà d'eux, à la foule déplorable de tous ceux de ce temps qui tinrent, eux aussi, des lyres prématurément brisées. Il y a, le long de la voie sacrée du Souvenir, trop de tombeaux habités par d'harmonieuses et amicales ombres, pour que ce ne soit pas à celles-ci qu'appartiennent mes strophes placées sous l'invocation d'une jeune, belle et funèbre Immortelle.

L'OFFRANDE AUX OMBRES

I

E PULVERE LUMEN

Pour que leur écho sonne auprès de tant de braves
Dans leur claire gloire endormis,
Je confierai ces vers que je veux grands et graves
Aux préférés de mes amis ;

L'un fut mon frère aîné, l'autre mon jeune frère
A travers des ans et des ans ;
Une éclatante mort, à présent, a fait taire
Leur belle lyre aux purs accents.

Vous qui fûtes leurs pairs et les miens, ô Poètes,
Accueillez les mots d'ici-bas
Que j'assemble en l'honneur de ces deux chères têtes
Si proches malgré le trépas ;

Au-delà d'eux, c'est à vous tous que je m'adresse !
Ce soir, l'orage s'élevant,
Vais-je pas voir passer, du fond de ma tristesse,
Leurs fantômes sous mon auvent ?

Peuvent-ils me rejoindre, ou, plutôt, tant est forte
L'Amitié près du Souvenir,
Est-ce moi qui voudrais ce soir, Roi sans escorte,
Vers eux voguer, voler, partir ?...

La mer gasconne auprès de qui se réfugie
Mon mal, sous des arbres blessés,
Récite sa puissante et sauvage élégie
Aux spectres dans mon cœur bercés.

Je possède la vie et je n'en ai que peine,
Sachant qu'ils ne reviendront plus
Ecouter près de moi le chant de la fontaine
Et le grondement du reflux,

Qu'ils ne sont plus présents qu'en des apothéoses
Comme en avaient les demi-dieux...
Fermons les yeux : à trop de familières choses
Manque le reflet de leurs yeux.

Et que peut-il rester de ce qui fut le charme
Terrestre de nos amitiés,
D'un espoir partagé, d'un rire, d'une larme
Le long des jours balbutiés,

Des amantes de qui le doux nom se confie
Dans de la joie ou dans des pleurs,
D'un vers que l'on put croire immortel dans sa vie
Mais qui sonnerait faux, ailleurs ?

Fermons les yeux pour voir, dans la contrée où plonge
L'esprit libéré du réel,
Aux jardins où les fleurs naissent des soins du songe
Sous un ciel plus beau que le ciel,

Devant un horizon moelleusement opaque
Teinté d'azur pâle et d'or blond,
Aux Champs-Elyséens tels que, dans Télémaque,
Nous les a décrits Fénelon,

Fermons les yeux pour voir, dans la belle patrie
Qu'ils ont conquise pour jamais,
O mon âme à présent amoindrie et meurtrie
Les Ombres de ceux que j'aimais.

Et si je n'atteins pas le royaume de grâce
Et de lumière où vous régnez,
Frères ; si mes doigts lourds enfièvrent mal ma face,
De vie et de sang imprégnés,

Qu'il me soit, tout au moins, loin des choses trop vraies,
Des parfums brûlés par le jour,
Des bruits d'ailes que font les oiseaux dans les haies,
Des jeux de l'art et de l'amour,

Qu'il me soit accordé de contempler, image
Digne d'illuminer ma nuit,
Sur un sol dévasté, sur un sol de carnage
Où, seule, la mort parle et luit,

Deux tombeaux, et deux croix qu'on planta dans la fange,
Et sur qui, le canon tonnant,
Tremblent, comme sous l'aile invisible d'un Ange,
Deux képis de sous-lieutenant.

—

II

DEVANT LA
MAISON DES
GLYCINES

Comme j'avais raison d'accomplir ce voyage !
Son âme demeurait encore en ce séjour
Et m'attendait au bout de mon pèlerinage.

Il avait embelli ces lieux de tant d'amour !
Lorsque l'on eut rouvert les fenêtres fermées
Et que le vent marin, en remontant l'Adour

Se glissa jusqu'au cœur de la maison de Mées,
(Le ciel d'Avril faisait sur nos têtes pleuvoir
Des abeilles déjà de pollen embaumées...)

J'ai frissonné soudain, tout ébloui d'avoir
Entrevu, près de moi, la face du poète,
Sous ce ciel devant qui défaillit tant d'espoir !

Car il était de ceux qui vont penchant la tête ;
Les glycines, hélas ! ont, pour ces jeunes cœurs,
Des parfums que l'esprit maudit, que la chair fête,

Mais fête en maudissant leurs tragiques douceurs.
Vers l'ombre de l'enfant qui n'eut ni sœur ni mère
J'ai laissé revenir ses véritables sœurs ;

Chénier les connut bien qui sanglota : Néère !
Chénier les connut bien qui murmura : Naïs !
Ce pays-ci leur fut un nouveau baptistère.

Porteuses de rosée ou cueilleuses de lis,
Voyez-les, sous l'ombrage azuré du platane :
Cécile, Lucia, Nanie et Marylis.

Jacqueline en ses mains tient la rose persane ;
Les rossignols d'Hafiz semblent chanter encor
Aux cœurs émerveillés de Jeanne et de Suzanne ;

Et, cette nuit, le vent qui porte d'Hossegor
Son grand baiser salin aux glycines nouvelles
Fera trêve, pieux aux sœurs du jeune mort :

Il sait bien, comme nous, qu'elles sont immortelles.

III

DEVANT UN PORTRAIT
DE CHARLES PERROT

Ainsi donc, vous voici comme au bel été grave
Où l'on ne parlait pas de guerre, où nous avions
Sur des faces d'enfants le sourire qu'y grave
Un univers fait de grands vers et de rayons.

A présent, un mur noir pour un temps nous sépare ;
Nous nous retrouverons, je crois, plus tard, ailleurs ;
Et nos terrestres jours, dont le sort fut avare,
Au jour illimité nous paraîtront meilleurs.

4

Nul mieux que moi n'aura compris votre âme grise
Qu'un besoin de soleil éclairait en dessous ;
Elle faisait songer au porche d'une église
Ayant, pour mendiants divins, des Faunes roux.

Car vous possédiez tout, l'ardeur et la prière,
Et l'orgueil d'être sage et celui d'être fort,
Car vous étiez de ceux qui vont, la vie entière
Le gosier plein d'un goût de laurier et de mort.

Je ne suis pas très sûr que mourir vous fut triste.
Quand la nuit vous manda son invitation,
Vous saviez que, plus haut, notre être vrai persiste
Et qu'il vaut mieux, parfois, quitter Tyr pour Sion.

Oui, pendant un instant vous avez su, peut-être,
Regretter le rosier qu'on plante en sol français,
L'amante à son balcon, l'épouse à la fenêtre,
La vie, et sa saveur de bon pain, de vin frais ;

Mais c'est fini ; votre âme est de tout libérée ;
Le ciel s'est entr'ouvert pour vous faire l'accueil
Que méritent les morts enfouis à l'orée
D'un bois tragique, sans linceul et sans cercueil ;

Les plus beaux de vos jours vous semblent des pirates
Qui vous avaient frustré d'un songe immense et pur ;
Vous possédez le trône auquel vous aspirâtes :
Vous êtes une flamme assise en plein azur.

Vous auriez dû partir très tard, riche de rêve,
Dormir en Orient, entre quatre cyprès...
Dieu vous a ménagé cette vie ample et brève ;
Mais je crois que la mort ne l'a pas fait exprès

Et qu'elle va longtemps se repentir, l'obtuse
Camarde, la faucheuse imbécile, d'avoir
Supprimé pour la France ainsi que pour la Muse
Le poète-héros qui sut crier un soir :

« On n'a jamais fini de faire son devoir. »

IV

SUPPLIQUE
AUX OMBRES
HÉROÏQUES

O jeunes hommes, vous qui chérissez la Lyre
Et de qui l'idéal fut un vers bien sonnant,
De par le feu qui gronde et le fer qui déchire
La Terre au sein glacé vous garde maintenant.

Au Temple que jadis vous eût bâti la Grèce,
On aurait vu, toute d'ivoire et toute d'or,
Hébé le front paré d'une grave allégresse,
S'avancer en chantant au-devant de la Mort.

—

Quel destin que celui qui pour vous se termine !
Quand Hellas fut sauvée et le Mède vaincu,
Sophocle adolescent dansait à Salamine ;
Sophocle fut moins grand : il avait survécu.

Pour vous, le monde était une immense merveille ;
Vos sens en saisissaient les plus rares frissons ;
Vous saviez conquérir, de l'œil et de l'oreille,
Un frémissant butin d'images et de sons ;

Vous étiez des élus, puisque la Douleur même
Semblait vous réserver ses gestes les plus doux,
Elle qui compensait par le don du poème
Le mal qu'elle avait fait en s'abattant sur vous ;

Et maintenant... — Pourtant, ne cherchons pas la rime
Du vers interrompu par le bruit des canons ;
Vos livres commencés ont une fin sublime,
La clarté la plus noble est liée à vos noms ;

La mort a vainement élevé sa barrière ;
Vous êtes près de nous, vous nous parlez tout bas ;
Vos œuvres, à nos yeux, ruissellent de lumière,
Vos phrases ont des sens qu'on ne soupçonnait pas.

L'écho des mots jaillis de vos cœurs sans reproches
Nous paraît, au delà des terrestres instants,
Comme un hymne pompeux et sacro-saint de cloches,
Résonner jusqu'au bout de l'Espace et du Temps...

Veillez sur nous du fond des Plaines-Elysées,
Veillez sur nous du haut du Paradis chrétien,
Que votre illustre exemple inspire nos pensées,
Reste notre conseil et soit notre soutien !

On se confie à vous ; c'est sur votre mémoire
Que ceux qui survivront se jurent, désormais,
De diriger les cœurs vers cette pure gloire
Dont vous avez, d'un coup, occupé les sommets ;

Vous leur inspirerez les grands vers nécessaires,
Fiers, virils, présageant les triomphes certains ;
Vous étiez autrefois nos égaux et nos frères,
Vous êtes à présent nos héros et nos saints,

Car ceux de qui le chant vous tresse une couronne,
O poètes-soldats, ont garde d'oublier
Que, sauf dans la bataille, où le laurier foisonne,
Un poète, en ce jour, n'a plus droit au laurier.

1914-15-16.

PERSÉPHONE

DESINE FUNESTIS ANIMUM, PROSERPINA, CURIS...
AMISSUM NE CREDE DIEM : SUNT ALTERA NOBIS
SIDERA ; SUNT ORBES ALII, LUMENQUE VIDEBIS
PURIUS, ELYSIUMQUE MAGIS MIRABERE SOLEM...
EST ETIAM LUCIS ARBOR PRÆDIVES OPACIS,
FULGENTES VIRIDI RAMOS CURVATA METALLO :
HÆC TIBI SACRA DATUR : FORTUNATUMQUE TENEBIS
AUTUMNUM ...

CLAUDIEN.

I

Pourquoi, ce soir, à peine au milieu de ma route,
Pourquoi donc ai-je vu, dans le miroir obscur
Qu'est à lui-même un cœur dédoublé par le doute,
Ce cœur riche et gonflé pencher comme un fruit mûr ?
Pourtant, à mon bonheur tout m'ordonne de croire,
Et le jour qui finit fut un jour de victoire,
Et j'attendais le soir comme un compagnon sûr.

De nouveau, j'ai vécu comme il sied que l'on vive ;
Je me suis obéi sans crainte et sans remords,
Fidèle à mon orgueil, sachant, quoi qu'il arrive,

Que les vœux les plus fous méritent nos efforts ;
Et je puis, de nouveau, savourer le délice
De n'avoir pas subi d'instant qui n'embellisse
D'un merveilleux butin mon esprit ou mon corps.

Je me sens ennobli de toutes mes journées.
Et, comme ces vainqueurs qui vont contempler, sourds
Aux lamentations des villes ruinées,
Leur ouvrage, du haut des plus hautaines tours,
Tel, pour dormir mes nuits, il faut que je m'érige
Éperdu, frémissant d'un généreux vertige,
Au-dessus de la cendre invisible des jours.

Nul ne peut me blâmer, sinon des êtres lâches
Que leur lâcheté même atterre à ma merci :
Le chêne, en sa verdeur, fait fi du fil des haches
Qui guette justement le bois vieux ou moisi ;
Le chêne, indifférent dans sa grâce et sa force
Aux frelons venimeux nichés sous son écorce
Chante et de leur chanson fait sa chanson aussi.

En mon cœur la fierté fut chez elle à toute heure
Et si, parfois, ce cœur fut meurtri, fut broyé,
C'est que l'aigle au grand vol préfère pour demeure
Un roc voisin du ciel et souvent foudroyé ;
Je crois peut-être en Dieu, mais ne crains rien des hommes,
Je porte mes beaux jours comme un pommier ses pommes,
J'ignore la rancune autant que la pitié.

J'ai parfois recherché l'inimitié : je l'aime
Presque autant que l'amour de ceux que je chéris ;
Mais, ne déméritant d'aucun ni de moi-même,
Je n'ai pas acheté de triomphe à vil prix ;
Nul parmi mes combats ne fut livré sans peine :
Ceux que je détestais n'ignoraient pas ma haine ;
Ceux que je méprisais savaient bien mon mépris.

J'ai plus de volupté que n'en rêvent les femmes
Quand le printemps s'appuie à leurs seins anxieux ;
J'ai le dédain qui flatte ou qui dompte leurs âmes

Et le désir qui met du soleil dans leurs yeux.
Chaque jour mon destin semble atteindre son faîte,
Et mes plus beaux espoirs d'enfant déjà poète
Sont comblés, comme si j'avais mérité mieux.

II

Alors pourquoi, ce soir, cette détresse étrange,
Ce découragement sans motif et sans nom ?
Aux fruits goûtés durant ce jour, un mauvais ange
A-t-il secrètement mélangé du poison ?
Demain, triste héros que sa vaillance lasse,
Vais-je en être réduit à me demander grâce ?
Ai-je attendu la nuit comme une aumône ? Non !

Car, une fois de plus, je hais l'ombre où les hommes
Acceptant, quels qu'ils soient, un dommage pareil,
S'instruisent de la mort à l'école des sommes ;

Moi, je ne veux dormir qu'en rêvant de réveil.
S'il faut subir la nuit, du moins ne doit-on clore
Les yeux que pour les mieux préparer à l'aurore
Et pour mieux mériter, au matin, le soleil.

Vivre vraiment, c'est vaincre ; et celui que contente
Sa dernière victoire et qui ne rentre pas
Dans le repos ainsi qu'Achille sous sa tente
Afin d'y méditer de plus rudes combats,
Celui-là, dès ce jour, a connu la défaite ;
Pour qu'un faix de lauriers glisse de notre tête,
Il suffit d'un instant où l'on tient le front bas.

Douleur, pour un ami, Douleur, pour une amante,
As-tu donc, aujourd'hui, posé sur mon cerveau
Ta couronne de plomb ou ta griffe irritante ?...
Qu'importerait ? Pour qui connaît bien ce qu'il vaut,
Tu restes la fidèle et loyale alliée,
Et c'est sur elle-même et par toi repliée
Que mon âme imagine un triomphe nouveau ;

Par toi qu'elle obtiendra le triomphe suprême
Quand, au-dessus de tous me sentant fier et fort,
Je n'aurai plus enfin qu'à me vaincre moi-même,
Et quand, ayant laissé le diamant et l'or
Dans la boue et le sang de la grande bataille,
Il ne me restera, pauvre et dressant ma taille,
Qu'à m'avancer en maître au devant de la mort.

III

Or, voici que du fond le plus sûr de mon être,
Du sanctuaire clos aux cris de la raison
Où l'âme, errante aux bords du domaine sans maître,
Se perd en elle-même et n'a plus d'horizon,
Voici que, toujours neuve et pourtant bien connue,
Une voix monte, ainsi que ferait sous la nue
D'un pays qu'on retrouve une vieille chanson.

Attristé d'ignorer d'où tombe la tristesse,
Ce n'est donc pas en vain qu'on va t'interroger,
Démon intérieur, seul Dieu que je connaisse !

O veilleur, ô gardien, lorsque le passager
Égaré dans sa nuit t'espère et te réclame,
Active ton bûcher, fais resplendir la flamme,
Et viens à son secours, puisqu'il est en danger.

IV

« Mon hôte, — dit la voix avec sollicitude, —
Si vaillant que tu sois, il se peut que, demain,
Étant lassé de tous et de la solitude,
Tu veuilles un instant t'arrêter en chemin ;
Pourtant, sous l'aiguillon dont le destin te presse,
Il te faudra marcher vers l'avenir qui dresse
Sa nuit noire au devant de ton regard humain.

« Que rêves-tu ? Qu'as-tu rêvé ? L'amour ? La gloire ?
Des lits jonchés de fleurs ou des arcs triomphaux ?
Des festins où l'on rit près des tables d'ivoire,

Des chars brillants traînés par d'illustres chevaux ?
Jeunesse, terre ardente où frémissent des sèves,
C'est toi qui fais lever la moisson de nos rêves,
La mûris. Puis le Temps passe en tenant sa faulx.

« Toi, tu crois posséder, plus sage ou plus habile,
Un royaume dont nul ne te peut dessaisir ;
Dans ton plus fier palais, dans ta plus belle ville,
Laisse donc, ô guerrier, s'exalter ton désir ;
Pourtant, ne bénis pas le sort ni ta bravoure,
Et, convive repu tout de suite, savoure
L'amertume cachée au doux miel du plaisir.

« Ah ! puisses-tu plutôt, demain, lâche et sans armes,
Importunant le ciel de tes cris forcenés,
Ne rien voir à travers le voile de tes larmes,
Que des espoirs déçus et des rêves morts-nés !
Tu ne subiras point la détresse où se ploie
Le courage de ceux qui sentent dans la joie
Les roses se flétrir sur leurs fronts couronnés.

« Mais tu pourras, pareil au Titan de la fable,
De l'orgueil des vaincus émerveiller ton cœur
Et, repoussant du poing le vautour qui t'accable,
Espérer la revanche et le libérateur.
La nuit n'existe plus dès qu'on attend l'aurore ;
Quel que soit le destin, c'est du bonheur encore
Que d'être malheureux et de croire au bonheur.

« Et pourtant, tu ne fais que retarder ton heure ;
Bientôt l'orgueil te lasse et tu le jettes loin.
Des deux derniers trésors l'espoir seul te demeure ;
Vanité ! Dans ton ciel nulle aurore ne point...
Et ta vie est aussi la barque abandonnée
Que tu laisses aller où veut ta destinée :
Tous les hommes, un jour, en sont au même point.

V

« Écoute, — dit encor la harangue secrète
Que le Démon médite et fait sonner en moi, —
Triste roi de toi-même, au plus beau de la fête,
Ne pouvant être dieu tu souffres d'être roi ;
Ton héroïsme humain n'a de but que son terme ;
Tout ce qui vit n'est rien que de la mort qui germe ;
Contemple ton abîme et frissonne d'effroi.

« Souviens-toi d'une vierge, au matin de la Terre
Cueillant, sur les penchants de l'Etna riche en feu,
Les végétales sœurs que l'éternelle Mère

Faisait naître pour elle et fleurir en tout lieu.
Et la Reine que ceint la quadruple couronne
Souriait en voyant sourire à Perséphone
Adonis réveillé qui redevenait dieu.

« Mais le Maître infernal, inexorable, avare,
Pour reprendre sa proie indocile, pressant
Les chevaux de l'Érèbe à travers le Ténare,
Vers elle dirigeait son char retentissant ;
Par crainte de laisser, loin de la sombre berge,
Le meilleur du Printemps dans les yeux d'une vierge,
Il emporta la vierge avec l'adolescent.

« Ah ! ce qui descendait vers les pays livides
Au puîné de Saturne accordés par le Sort,
Ce n'étaient plus des morts, têtes vaines et vides,
D'un vain nombre augmentant l'innombrable trésor :
Ce que le Dieu menait vers la neuvaine rive
C'est, avec l'éternel Printemps, la fugitive
Jeunesse qui survit au Printemps dans la mort.

« Adonis, tous les ans, se réveille à la Terre ;
Mais c'est un conte faux que Perséphone ait pu,
Les Dieux étant touchés des larmes de sa mère,
Renouer sous l'azur l'espoir interrompu ;
Immortelle au milieu des morts dont elle est reine,
Elle écoute, domptée, au seuil de son domaine,
Vociférer le Chien triple, torve et trapu.

« Ainsi, vers le passé de tes jours si tu plonges
Des yeux las de scruter l'horreur du lendemain,
Tu trouveras, parmi les spectres de tes songes,
La Reine qui préside à leur peuple incertain.
Perséphone, en ton cœur, pour qu'il la reconnaisse,
Modèlera ses traits sur ceux de ta jeunesse ;
Pars : Orphée et Thésée ont suivi ce chemin.

« Pars. Et n'imite pas, au terme du voyage,
Le héros animé d'un désir furieux
Qui tenta de ravir la vierge à l'esclavage

Où la tient le plus sombre et le plus strict des Dieux ;
Mais chante, toi qui vas vers celle que tu pleures.
Tu n'as, la recherchant, de ressources meilleures
Que le son de ta lyre et les pleurs de tes yeux.

« Pars sans espoir, épris sciemment de chimère.
Depuis que la Jeunesse est reine chez les morts,
Chaque nouveau printemps que doit subir la Terre
Au deuil de celle-ci pèse comme un remords ;
A ressentir, avant qu'un jour nouveau se lève,
Le funèbre remords de l'effort et du rêve
Consacre maintenant ton rêve et tes efforts.

« Deviens l'arbre où des noms sont gravés sur l'écorce ;
Soit le tombeau chantant où vit le Souvenir
De tout ce qui fut toi dans ta grâce et ta force :
— Orgueil de tes amours, amour de ton plaisir... —
Vainqueur mortel courbé par un fatal déboire,
Sache obtenir du moins ta dernière victoire :
Ton renoncement seul te reste à conquérir. »

VI

O Démon, j'ai compris. Je vais me mettre en marche
Vers la vague lueur qui se promet au loin,
Vers le rameau tendu par le ramier de l'Arche,
Vers la sérénité dont mon âme a besoin.
En ces lieux plus peuplés de morts qu'un cimetière,
En cette nuit du cœur dont j'attends la lumière,
Sois mon guide invisible et mon secret témoin.

Mais nous ne serons pas seuls en cette occurrence.
Ainsi qu'à Dante errant dans son triple univers
Ma Béatrice m'est désignée à l'avance

Pour en illuminer mon voyage et mes vers.
Si ma vie encor neuve a déjà sa noblesse,
C'est qu'un grand souvenir la domine, qui laisse
Un esprit immuable à mes pensers divers.

Béatrice !... A jamais je reverrai la plaine
Qu'au soir sanctifiaient les vols des angelus ;
Des agneaux fleurissaient les buissons de leur laine
En broutant l'herbe amère et rase des talus ;
C'est par là que, jadis, je gagnais sa demeure,
Las et traînant, avant que notre amour se meure,
Un lamentable cœur qui ne l'espérait plus.

Roides, contre l'autel sombre d'une colline,
Les blancs chemins semblaient des cierges, quand le soir,
A l'endroit où sur eux un peu de ciel s'incline,
Faisait luire une étoile ainsi qu'un pauvre espoir.
Quelle âme bienheureuse errait dans ces parages ?
Le nocturne repos tombant sur les villages
Était, grave et pieux, celui d'un reposoir.

On entrait dans la nuit comme sous un portique
D'église, et tous les bruits du monde pastoral,
— Chant d'amour envolé d'une lèvre rustique,
Clarines des brebis, trot lointain d'un cheval,
Vol de brise, élégie heureuse des ramures, —
Tous les bruits paraissaient imiter les murmures
D'un pénitent au fond d'un confessionnal.

Participant, devant ce paysage austère,
A sa contrition magnifique, j'ai peur
D'avoir, un soir, jeté mon front contre la terre
Et, sanglotant un nom, sept fois frappé mon cœur.
Tel, l'âme résignée à tout, même au silence,
J'ai conquis mon courage en faisant pénitence
D'avoir appris trop jeune à rêver de bonheur.

VII

Le bonheur ! C'est le cri formidable qu'on jette
Du plus clair de soi-même au plus obscur du ciel ;
Le bonheur, c'est l'espoir dont l'âme est la sujette
Si long temps qu'on demeure en marge du réel ;
Plus tard, lorsque la vie en ses rets nous enserre,
Il ne nous paraît pas être plus nécessaire
Qu'une danse de fée ou le chant d'Ariel.

Le bonheur ! Etre heureux !... Ce sont mots que l'on pense
Quand tout paraît flatter et servir nos cinq sens ;
C'est un visage pur et qu'on croit sans défense,

C'est l'espoir d'un fruit mûr goûté dès le printemps.
La désillusion légitime et fatale
Suit. Que méritait-il, cet adolescent pâle,
Avec son cœur trop lâche et ses doigts hésitants ?

Qu'avait-il mérité de toi, sa triste idole
Plus hésitante encore et plus lâche que lui ?
Avait-il seulement murmuré la parole
Qui pût d'un coup briser ton orgueilleux ennui
Et, comme sur un fleuve étreint du gel, la flèche
Du soleil reparu frappe et creuse une brèche,
Fît trembler dans ton cœur l'eau vive où l'amour luit ?

Le bonheur ! N'y voir, même avant que d'y prétendre,
Qu'un être, qu'un symbole ingrat, stérile, vain !
Le baptiser d'un nom qui sonne doux et tendre
Et, rempli de ce nom, suivre droit son chemin
Sans plus rien écouter ni voir, quand le génie
Nous permettrait, sa force à la jeunesse unie,
D'atteindre un astre en fleur d'un geste de la main !

Mortifications qu'il semble que l'on veuille,
Volupté de souffrir, amour d'être meurtri !
On se dit : au grand vent murmure mieux la feuille
Et mon pain sera bon par la douleur pétri.
Des mots, rien que des mots !... Lorsqu'on souffre et qu'on
Il faut que l'œil qui pleure ait des éclairs d'orage, [rage
Il faut que le tonnerre inspire notre cri,

Il faut être assassin une fois dans sa vie,
Ou plutôt, non : bourreau, calmement, froidement...
Ah ! j'ai souffert par toi ? Tu n'auras plus l'envie
De faire apprécier à d'autres mon tourment.
Nos yeux se sont ouverts au jour la même année,
Et te voici dans l'âge où la femme est fanée,
Quand l'homme reste encor digne d'être un amant.

Toi dont le corps fragile eut une telle grâce,
Un si tendre dessin, de si légers contours,
Pourrais-tu me revoir sans te voiler la face,

Sans rougir de tes yeux creux et de tes seins lourds ?
Fée à vingt ans, demain sorcière au fond d'un antre,
O mère trop de fois qui dois porter au ventre
Les stigmates affreux de tes mornes amours ?

Quel cœur me faut-il donc pour t'imaginer telle
Que je t'ai fréquentée en ta jeune saison ?
Ma vengeance sera de te rendre immortelle
A l'heure où l'âge griffe et dévaste ton front
Et de faire en ce chant ton visage paraître
Tel qu'il fut autrefois, tel qu'il méritait d'être,
Délice de mes yeux, honneur de ma maison.

Vis ; ta vie est stupide et sinistre, et tracée
Comme un chemin montant qui rejoint, tout là-haut,
Non le ciel, mais la nuit innommable, glacée
Pour qui la mort demeure un trop superbe mot...
Afin que tout bonheur t'oppose une muraille
Ton image passée est ici qui te raille
Figée au pur métal de mes vers sans défaut.

Et maintenant, il faut que je te le confesse,
L'image que je trace accaparant mes soins,
La force en qui j'ai cru se transforme en faiblesse
Et c'est moi, le bourreau, qui souffre néanmoins;
Car, déjà, tu revis avec tant d'insolence
Que, dans le rythme strict qui frémit et s'élance,
La morte que tu fus me sourit, les doigts joints.

VIII

Mon éternel désir, mon enfant, mon amie,
Par le même chemin je viens vers ta maison.
Effleurant d'un regard la forêt endormie
La molle lune glisse au ras de l'horizon,
La brise jusqu'à moi porte l'odeur des vignes,
Le brouillard monte au bord d'un lac aimé des cygnes,
Des insectes obscurs vibrent dans le gazon.

Lorsque j'avais quinze ans, que ta mère était belle,
C'est là que je rêvais, assis auprès de toi,
De fuir et de cacher notre extase éternelle

Dans un pays lointain où j'aurais été roi.
Jours sans prix ! Il venait, des bois et de la lande,
Avec des chants d'oiseaux des parfums de lavande,
Et tu me souriais, sans bien savoir pourquoi.

Au moment que la nuit, d'une haleine embaumée,
Caressait mes cheveux, je me disais : « Demain
La douceur de la nuit prendra, ma bien-aimée,
Pour venir sur mon front la forme de ta main. »
Et la voix des ruisseaux hantait la solitude,
Mais mon âme sentait, sans trop d'inquiétude,
Fuir les heures et l'eau vers un but incertain.

Qu'avons-nous fait de nous ? L'eau coule, l'heure tinte,
Nos cœurs l'un près de l'autre ont vieilli peu à peu ;
Jamais je n'ai risqué, par orgueil ou par crainte,
Un baiser, un silence, un regard, un aveu.
Je pense qu'il est tard, qu'il est bien tard sans doute
Pour espérer un jour suivre la même route
— Et je te dis encore un éternel adieu !

Mais puisqu'enfin j'ai su détourner mon visage
De l'avenir caché dans l'implacable nuit,
Je te veux pour compagne en ce pèlerinage
Qu'au pays du passé j'accomplis aujourd'hui.
Je viens vers ta maison comme vers mon enfance.
Je viens ; et tes grands chiens, dans l'ombre et le silence,
Ont reconnu mes pas et n'ont pas fait de bruit.

Demi-nue, et la joue à ton bras appuyée,
Sur ton lit virginal tu dors en ce moment ;
Ta chevelure noire à longs flots déployée
Roule sur ton épaule et sur ton sein charmant ;
Tu dors, et je crois voir, sous la lampe indécise,
Pâle comme tes draps et comme ta chemise,
Ton doux corps dont jamais je ne serai l'amant.

Non, je n'ai pas frémi... Pourtant, hier encore,
Si j'avais dit ces mots, si j'avais pu penser
Que, dormant près de toi du soir jusqu'à l'aurore,

Un autre aurait ta chair, ton parfum, ton baiser
Ah ! j'aurais mieux aimé cent fois, à cette porte,
Sous des voiles de deuil tendus pour une morte
Devant ta mère en pleurs voir ton cercueil passer !

Mais ce soir, ô ma triste et vaine fiancée,
Près de ce banc de pierre aux contours de cercueil,
Je souris, sans tristesse et presque sans pensée,
Comme un veuf qui devient enfin veuf de son deuil ;
Je n'éprouve, ne songeant à ta grâce lointaine,
Ni ce reste d'amour qu'on appelle la haine
Ni ces fureurs sans nom dont on fait de l'orgueil.

IX

Le parc va s'endormir.. On dirait que les roses,
Que leur chaste parfum à cette heure exalté,
Que les massifs, les prés, les jets d'eau, toutes choses,
Ne sont qu'un rêve errant dans l'esprit de l'été.
Dansant au son du grêle orchestre d'une source
Les brumes lentement répandent dans leur course
Un mystère indulgent sur la réalité.

Mes yeux suivent les jeux d'une insensible brise ;
Des frissons rôdent sur le bois élyséen ;
A quelle éternité s'est-elle donc promise,

Cette nuit, pour que, moi, je ne sache plus bien
Si la terrestre vie est ma patrie unique ?
Rien ne me semble vrai qui ne soit chimérique,
Hier n'est plus qu'un songe et demain n'est plus rien.

De même que la nuit, mûrissant chaque étoile,
Change l'azur stérile en verger aux fruits d'or,
Le rêve, du réel que sa pénombre voile
Fait doucement surgir un fastueux décor.
Aux lieux où ma pensée errante me ramène,
Seuls, les fûts noirs des pins qui bornent le domaine
Contre un ciel sans couleur se profilent encor.

O toi qui fus jadis mon désir et ma joie,
Pour me venir rejoindre en un moment pareil,
Tu n'auras pas besoin d'une échelle de soie
Furtivement nouée à ton balcon vermeil.
Que ta forme sensible, en ton lit, demi-nue,
Comme sur un vaisseau fortuné, continue
A traverser en paix l'océan du Sommeil !

C'est ton souvenir seul que je veux voir paraître,
Miraculeux, illustre, éblouissant et tel
Que surgit, brusquement divin aux mains du prêtre,
Le pain immaculé consacré sur l'autel.
Atteins ta pure idée et ta forme suprême...
(Ah ! tu ne fus jamais si belle qu'en moi-même,
Éphémère plaisir de mon regard mortel !)

Profite de cette heure où la penchante lune
Heurtant obliquement tes carreaux radieux
Établit dans l'espace un chemin de fortune
Entre sa place au ciel, ton balcon et mes yeux ;
Suis cette voie ; arrive, à la fois blanche et brune,
Brune comme la nuit, blanche comme la lune...
Sois le portrait de toi que je chéris le mieux.

X

Te voici. Tes cheveux flottent sur tes épaules ;
Ton visage, des ans à mes regards caché,
Éclaire l'ombre et fait miroiter sous les saules
L'invisible fontaine où tu le tiens penché ;
C'est que ta chair ressemble à l'albâtre d'un vase
Où l'Amour, à la fin d'une secrète extase,
Eût fait choir, en fuyant, la lampe de Psyché ;

Le Dieu nous a quittés et les flammes sont mortes
Du merveilleux bûcher qu'il fit, en ton honneur,
Quand la vie, en riant, m'ouvrait grandes ses portes,

Rayonner comme un phare aux cimes de mon cœur ;
Mais, pour t'illuminer des pieds jusqu'à la tête,
Il faut que, même encor, l'âme que je te prête
Sous la cendre du temps ait gardé son ardeur.

Ah ! le rêve à présent triomphe... Ta venue
De la fête ineffable a donné le signal ;
Devant moi se découvre une terre inconnue
Ou rien n'est demeuré de ton jardin natal,
Et, déjà, pour les deux pèlerins que nous sommes,
Vois ce ciel, qui n'est plus le ciel changeant des hommes,
Dans l'espace arrondir sa voûte de cristal.

Vois ce fleuve : à mes pieds roulant ses eaux de moire,
Surgissant du présent que nous avons quitté,
On dirait qu'il va joindre au bout de ma mémoire
Le nocturne pays où coule le Léthé.
Mais, partout, quelle paix superbe emplit l'espace,
Et comme, contemplant ses souvenirs en face,
Chacun de nous est seul dans son immensité !

XI

Seul. Des poètes ont appelé rêverie
La navigation que je tente aujourd'hui ;
Moi, je sais que je pars pour mon autre patrie,
La vraie, où le vrai jour brille au cœur de la nuit.
Dans le domaine d'ombre, auprès des bosquets blêmes,
Nos misérables sens mortels tombent d'eux-mêmes,
L'œil superflu se clot, la grande clarté luit.

Délivré de ma chair et de son ossature
Je retrouve un palais d'indicible splendeur ;
Les couleurs sont sans nom, les lignes sans mesure ;

Le fruit, comme aliment, s'y choisit dans sa fleur ;
La joie est un superbe assemblement d'images ;
Des esprits asservis, me rendant leurs hommages,
Ne me parlent qu'avec la musique du cœur.

Les parfums, s'élançant en fils d'or dans le vide,
S'étirent, comme fait la laine des fuseaux
Qu'une vieille aux yeux morts tourne d'un pouce humide,
Flottent ainsi qu'au vent des franges de drapeaux
Et puis, se composant, s'ordonnant par prodige,
Préparent, sous mes yeux que brouille un doux vertige,
D'éclatantes prisons à des astres-oiseaux.

Je me comprends divin tout en restant un homme ;
Je sens en moi mon cœur visible et lumineux ;
La Douleur ne sait plus de quel nom je la nomme,
Je souris sans malice à ses regards haineux ;
Mes beaux désirs, ainsi que de mûres oranges,
Tombent. Vais-je m'asseoir au concile où les Anges
Goûtent leur sainteté voluptueuse en eux ?

Sérénité parfaite et toutefois ardente !
Ivresse sans péché du vin pur de l'esprit !...
J'ai quitté la défroque avec laquelle on hante
Les mauvais lieux où mord le Doute s'il n'y rit.
Car, ici, le débat hautain qui me torture
Devient clément au point d'expliquer ma nature :
Mon double ciel contient la Sainte et la Houri.

Ma pauvre anxiété catholique et païenne,
Mes troubles sentiments d'homme trop tard venu,
Mon rêve, ô Volupté, de te mieux faire mienne,
Mon regret, ô mon Dieu, de t'avoir méconnu,
Tout cela se rejoint, se pénètre, s'éclaire ;
Je sens, plongeant mon cœur dans ce bain salutaire,
Un plaisir de cristal flatter ce cœur tout nu.

XII

Au delà de la vie est la vie éternelle ;
A côté du présent, ce pays, que l'on peut
Rejoindre sans effort d'un bond ou d'un coup d'aile,
Contient la vérité que me propose Dieu.
Là, passé ni futur ne sont mots qui demeurent ;
Nous comprenons où vont nos parents quand ils meurent ;
Des cendres de nos jours jaillit un nouveau feu.

O fleuve dont les flots coulent vers ta naissance
Et qui, vers l'autre bout, te perds dans l'infini,
Quels mots humains pourraient exprimer ton silence

Et le recueillement de tes berges sans nid,
Et l'horizon penché vers l'inerte vallée,
Et ma face à la fois lumineuse et voilée,
Quand je la vois au bord de ton miroir terni ?

O fleuve, je connais la source où tu remontes ;
Je sais que, dans ce sens, les voyages sont courts
Jusqu'à la Nymphe obscure et de qui les mains promptes
Versent l'onde qui fuit avec des sanglots sourds.
Près de là, son aînée, encor plus grave qu'elle,
D'un seul regard défend la vaste citadelle
D'un palais masqué d'ombre et d'opaque velours.

O fleuve, la muraille invisible que calque
Et qu'épouse ce voile immobile et soyeux,
Elle est certainement de marbre et d'orichalque
Tant son rigide aspect décourage mes yeux.
Peut-être quelque jour pourrai-je (je l'ignore !)
Entrevoir le domaine où je n'étais encore
Qu'une goutte de sang au cœur de mes aïeux...

Mais ce n'est point pour un aussi douteux voyage
Que ma barque est parée à présent, ô rameurs,
Rameurs, frères cadets par l'âme et le visage,
Des Nymphes de la nuit totale et sans rumeurs ;
Notre but est au fond de ce proche estuaire
Qui frémit quand je chante et brille quand l'éclaire
Un phare à qui l'Amour désigna ses veilleurs.

Partons. Est-ce la nuit ou le jour, ou l'aurore
Ou le soir ?... Tout se tait et rien ne bouge. Ailleurs,
Que la nuit les éteigne ou que le jour les dore,
Les heures ont leurs sons ainsi que leurs couleurs ;
Or les heures, ici, se suivent monotones,
Comme passe, en un cloître, un cortège de nonnes
Sous les mêmes habits portant les mêmes cœurs ;

Il semble que ce soit, à les voir si pareilles,
La même qui, hantant les aubes et les soirs,
Se voile pour nos yeux comme pour nos oreilles

D'une ombre taciturne et de silences noirs,
Et que le Temps lui-même autour de moi n'existe
Pas plus qu'un astre clair dans un lac calme et triste,
Pas plus que le réel au pays des miroirs.

XIII

A présent, nous voguons sur des eaux que veloute
Le reflet d'un jour doux comme un soir éternel ;
Rameurs, ô mes rameurs, une Présence écoute
Un vague bruit, pénible à son cœur fraternel ;
Dans le mien sois bénie, invisible déesse
Qu'atteint jusqu'en ces lieux et qu'émeut et que blesse
L'écho des vieux sanglots, muet sous l'autre ciel.

Les remous que la barque au passage dérange
Dans le sillage obscur miroitent ; mais, là-bas,
Nulle écume d'argent ne frémit à la frange

Des flots qu'effleure, frôle ou berce le vent las ;
Et je vois, me livrant au courant qui m'entraîne,
Le fleuve s'élargir au milieu d'une plaine,
Comme un lac stygien qu'on ne repasse pas.

Rameurs, vous qui frappez le flot morne en cadence,
Laissez tomber vos bras et relevez vos fronts,
Et, de peur d'accrocher le voile du silence,
Ne labourez plus l'onde avec vos avirons ;
Soyez pieux au bruit du cœur de votre maître
Qui voit, dans la pénombre émouvante, apparaître
Le blanc débarcadère où nous aborderons !

O champs, ô bois, séjour d'un immuable automne !
O temple illuminé d'invisibles flambeaux !
Voici donc le pays où veille Perséphone
Sur ceux de mes espoirs qui furent les plus beaux ;
Puisse cette déesse, au moment que j'arrive,
Me dépêcher, portant une palme d'olive,
La colombe, éternelle hôtesse des tombeaux !

Du quai de pierre lisse où notre amarre grince
S'éloigne un noir chemin qu'illustre près du bord,
— Arc triomphal dressé pour le retour du Prince, —
Un porche sous lequel un Ange grave dort.
Au point de l'horizon où cette route plonge
Paraît, lune ou soleil, l'astre inerte du Songe,
Autre portique ouvert sur des abîmes d'or.

De hauts cyprès, au bout des jardins en terrasse,
De leurs faîtes aigus festonnent l'horizon ;
Et vous, ô pâles fleurs, ô fleurs pleines de grâce,
Débordant des massifs, étoilant le gazon,
Toutes, vous exhalez vos âmes embaumées
Vers un temple qui luit au delà des ramées,
Blanc comme un tombeau neuf, clos comme une prison.

XIV

Ange du Souvenir, éveillé sous le porche,
Je t'ai vu te hâter pour mieux me faire accueil.
Fidèle serviteur, porte haute la torche
Sur le noir paysage et les marches du seuil,
Mais sois muet ainsi que la Mort, ton hôtesse ;
Drape-toi dans les plis d'un blanc suaire ; laisse
Tes beaux cheveux flotter comme un voile de deuil.

Je suis dans mon domaine et la porte est fermée.
Mais, déjà, près du fleuve aux somnolentes eaux,
Quel bruissement vague agite la ramée ?

Quel immense murmure anime les roseaux ?
C'est le peuple des morts qui sont morts en moi-même,
Et je les aperçois, sur un fond de ciel blême,
Passant et repassant comme de grands oiseaux.

Je vous évoquerai, spectres, selon les rites,
Et de myrte infernal triplement couronné,
Comme fit, avant moi, dans le pays des Scythes,
Le Roi subtil, chéri de Pallas.-Athéné.
Accourez, plus pressés que les flots sur la grève !
— Ai-je creusé la terre avec l'airain du glaive ?
Le sang noir, dans la fosse, a-t-il bien bouillonné ?

Mon cœur, qui dois garder comme armes toujours prêtes
L'orgueil impitoyable et l'horreur du remords,
Est-ce bien là le fruit de toutes nos conquêtes,
Le but de tant d'ardeur, de jeunesse et d'efforts ?
Prince dépossédé de milliers de royaumes
N'ai-je encore que vous pour sujets, ô fantômes
De morts ou de vivants aussi morts que les morts ?

XV

Comme on tend l'eau bénite aux portes d'une église,
Mes amantes, c'est vous, dès l'abord, qui m'offrez,
— O passantes d'un jour que le songe éternise, —
Vos visages connus et vos cœurs ignorés.
Neuf d'entre vous, quittant leurs compagnes confuses,
Viennent avec la grâce et le nombre des Muses
Et comblent cet instant de leurs noms murmurés.

Approchez, approchez sur les pelouses blêmes,
Tendres corps en un chœur douloureux confondus.
Autour de vous les vers de mes plus vieux poèmes

Bruissent comme un vol de rossignols perdus.
Puisse, en passant, ce vol se heurter à ma lyre !
De l'hymne élégiaque où le passé soupire,
Les sons que je médite aujourd'hui vous sont dus.

XVI

Viens, toi qui m'es lointaine et qui fus la première,
Et viens, toi qui, plus tard, renversant sur mon cœur
Ton cœur, vase rempli de fiel et de poussière,
Me fis royalement le don de la douleur,
Et toi qui, savoureuse, humble, rustique, claire,
Réunissais en toi comme pour mieux me plaire,
Le goût d'un fruit sauvage et le nom d'une fleur.

Et toi qui, revenant de Perse et de Judée,
Lorsque c'était l'automne et que je te connus,
Paraissais en tenir ta bouche trop fardée

Tes yeux trop noirs, l'ardeur qui gonflait tes seins nus,
Et qui, reine à mes yeux de l'un de ces royaumes,
En rapportais, avec de merveilleux aromes,
Quatre anneaux d'or rivés à tes poignets menus.

Des parfums sur le corps et des contes plein l'âme,
Tu me semblais, collant mes lèvres à ta chair,
T'être baignée au moins sept mois dans le cinname,
Attendre Assuérus et te nommer Esther.
Mais ta voix te faisait sœur de Shaharazade
Et, lorsque tes récits charmaient l'heure maussade,
D'immenses visions ensoleillaient l'hiver.

C'étaient de beaux décors et de belles histoires,
Des soleils cinglant d'or des vergers et leurs fruits
Auprès des palais blancs où des esclaves noires
Hâlaient des seaux vermeils aux margelles des puits ;
Des soirs enguirlandaient leur glycine aux platanes ;
Par tes enchantements, Sultane des sultanes,
Les jours semblaient sortir des mille et une nuits.

Tu m'offrais, en m'ouvrant tes bras ardents et lisses
Les roses de Sidon et celles d'Ispahan ;
Tout mon être, exalté de rêve et de délices,
Était comme un rosier couronné par un paon,
Et, penché sur ton blanc visage presque exsangue,
Je brûlais de crier qu'on goûtait sous ta langue
Plus de miel que n'en donne un rucher dans un an.

Ah ! vraiment, tu devais être fille de l'une
Des deux dames qu'Hafiz, aux jardins de Koshor,
Aperçut, qui volaient des jasmins sous la lune,
Et qui, des rires frais prenant soudain l'essor
Comme de beaux oiseaux à leurs gorges gonflées,
Ressemblaient dans la nuit, bruyantes et voilées,
A ces sachets de soie où tinte un grelot d'or.

Et maintenant, dans un de ces jardins d'Asie
Dont les fleurs si souvent embaumèrent tes doigts,
Tu dors — et l'on dirait à la place choisie —

Sous la tombe carrée, entre deux cyprès droits.
Toi, caresse et parfum, tu dors, cendre et poussière...
Merci, puisque je sais qu'à ton heure dernière
Tu prononças mon nom une dernière fois.

Je te bénis, princesse un peu magicienne,
De qui l'âme, appelée en un autre séjour,
Refléta mon image en elle et la fit sienne ;
En sorte qu'au pays qui fut jadis Assour
Quelque chose de moi, ma jeunesse peut-être,
S'éternise en ta mort où je reste ton maître,
O cœur royal qui n'eus de seigneur que l'amour.

XVII

Venez aussi, vous trois qui semblez, sur sa tombe
Formant un chœur, chantant un thrène à mon appel,
Y consacrer, avec une jeune colombe,
Le miel, les fruits, le lait, le froment et le sel.
Pour honorer la mort de la Reine barbare,
Vous a-t-on fait venir d'Égine ou de Mégare ?
Vos yeux ont-ils miré les cieux de l'Archipel ?

Esclaves, vous a-t-on dans Corinthe achetées ?
Ou, naïades, aux bords sacrés de l'Ilissus,
Dites, avez-vous ri, vainement convoitées,

Des bergers qui vers vous tendaient leurs bras déçus ?
Danseuses, au Banquet qu'immortalise un livre
Avez-vous vu Platon près d'Alcibiade ivre
Et du Maître, pareil aux Silènes pansus ?

Dites, étiez-vous là quand, sous la nuit d'Attique,
Celui-ci raconta que son Démon vainqueur
Exigeait à présent qu'il apprît la musique,
— Non celle qui préside aux danses dans un chœur,
Mais celle qui régit l'ample concert du monde
Et qui, du haut du ciel où l'harmonie abonde,
Guide l'astre vers l'astre et le cœur vers le cœur ?

Vous vîntes tour à tour, diverses et pareilles ;
Par vos soins, le plaisir s'ajoutait au destin
Comme font, en leur temps, les grappes à nos treilles,
Comme fait la rosée aux roses, le matin.
En vous, ainsi qu'aux jours antiques de la Grèce,
Le Plaisir, frère saint de la sainte sagesse,
N'empruntait point un masque à l'Amour incertain.

Car, à l'Amour portant la double et douce offrande
D'une âme épanouie et d'un corps triomphant,
Vous attendiez de lui ce qu'il faut qu'on attende
D'un dieu qui fut esclave et qui reste un enfant :
Ses jeux seuls suffisaient à remplir l'heure brève ;
Et, les jours où chantaient les Sirènes du rêve,
Vous saviez mépriser leur appel décevant.

Avec votre candeur d'aurore sur la rive
D'un ruisseau de lui-même et du ciel enchanté,
Vos frissons de feuillée et vos rires d'eau vive
Vous fûtes le printemps de notre volupté.
O clartés ! ô fraîcheurs ! ô seins doux à nos lèvres !
De ces baisers connus sans larmes et sans fièvres
C'est dans notre âme aussi que le charme est resté.

Ainsi, le voyageur que poursuit la fatigue
Ne se contente pas, au seuil d'un bois profond,
De jouir des bienfaits qu'une source prodigue

En y rafraîchissant ses lèvres et son front ;
Ayant calmé sa soif, ayant rempli son outre,
Sans le savoir, parfois, il désaltère en outre
Son rêve avec l'azur du ciel qui luit au fond.

XVIII

Et viens toi, dont la chair, au ventre et sur la gorge,
Brillait d'un éclat blond, duveteux, velouté,
Dont les cheveux mêlaient, roux comme un feu de forge,
La couleur de l'automne aux parfums de l'été,
Toi qui, comme des chiens, menais mes sens en laisse,
Fête de mes vingt ans, ô fée un peu faunesse,
Cher miracle d'amour et d'impudicité !

Je bénis cet hiver de soleil et de givre,
Aussi blanc que ton corps et doré comme lui,
Où j'attendais, les yeux égarés sur un livre,

Que l'ombre fût tombée et que ta lampe eût lui.
Alors, l'âme gonflée, éblouie, embrasée,
J'apercevais de loin, derrière ta croisée,
Ta forme, honneur, tiédeur et plaisir de ma nuit.

Roidi de gel, avec sa pelouse chenue,
Ton jardin était comme un vieillard endormi
Qu'eût éveillé, sonnant sur le sol, ma venue ;
Mais ta porte laissait, en s'ouvrant à demi,
Ton parfum échappé, ta tiédeur envolée,
Te devançant, me faire fête dans l'allée,
Pareils à des enfants que choie un grand ami.

Et puis, c'était ta chambre où la lune bleuâtre
Et glaciale, au ras d'un volet émergeant,
Trouvait, dans la clarté chaude et rouge de l'âtre,
A sa lueur errante un accueil indulgent ;
Toi-même, nue et claire et me tendant ta bouche,
Tu semblais, immobile au bord de notre couche,
Sous tes cheveux de flamme un pur flambeau d'argent.

Décembre ! Maintes fois on eût dit que des Anges
Passaient, ensemençant de lunaires cristaux
Les bienheureux jardins du ciel dont les étranges
Fleurs se réfléchissaient en gel sur tes carreaux.
Ah ! ma belle paresse était riche en images
Quand, sur ton lit, après nos amoureuses rages,
Je m'attardais, pensif et nu comme un héros !

Le fleuve, monnayant la lune sur l'écluse,
Osait, alors, parmi le silence total,
Sûr du sommeil des cœurs humains féconds en ruse
Ajouter un bruit d'or à son chant de cristal :
J'ai connu des plaisirs formidables d'avare
Tandis qu'entre mes doigts ta chevelure rare
Avait, dans ce bruit d'or, des reflets de métal.

Le suprême baiser que te donnait ma bouche,
Quand le sommeil ouatait nos fronts et nos genoux,
S'appuyait à tes dents d'un élan si farouche

Qu'il n'était plus d'amour au monde que par nous.
Puis le songe, au milieu du jardin de féerie
Dont tes mains et ta grâce avait la seigneurie
Construisaient des palais magnifiques et fous.

Ah ! que je chérissais cette amoureuse escale !
Mes yeux clos te voyaient nue au delà de toi.
Une magnificence énorme et musicale
Montait, planait, régnait et m'imposait sa loi ;
Et, cette loi, c'était la sagesse du monde ;
Et des clartés d'ailleurs paraient ta tête blonde,
Et le Prince Sommeil allait devenir roi.

Un enchevêtrement de jungle ou de fournaise
Surgissait tout à coup du beau chaos mental ;
Un escalier, pareil à ceux de Piranèse,
Projetait son élan tortueux ou brutal,
Érigeait son essor ou composait sa spire
Près des palais mirés dans des lacs d'hydrargyre
Parmi des nymphéas de marbre ou de métal.

Et c'était, au sommet de ces palais de conte,
Des reines espérant des amants merveilleux ;
L'espoir chantait : « Déjà Sœur Anne à sa tour monte ;
C'est toi qu'avaient guetté ses regards anxieux ! »
Mais, tes cheveux roulant sur ta gorge de neige,
Ma pensée, en leurs rets, demeurait prise au piège,
Et les Belles-du-Songe avaient toujours tes yeux.

XIX

Et pourtant, ce n'est pas au fond de chambres closes
Où l'hiver ronronnait comme un chat, près du feu,
C'est en été, dans un jardin brûlant de roses
Que ta chair mérita la mienne et mon aveu.
L'herbe nocturne offrit des gîtes à nos fêtes ;
Nos amours ont valu celles des saintes bêtes
Qui vont le front penché, comme pour louer Dieu.

Revois le bel étang silvestre et maritime
Où le vent, qui heurtait les branches des îlots,
Répondait, vers à vers et presque rime à rime,

Au poème confus déclamé par les flots ;
Évoque ces instants d'extases, de délires,
Où tes voluptueux sanglots semblaient des rires,
Où mes rires sonnaient ainsi que des sanglots.

De la mer aux coteaux, des pins aux cyprières,
Les maisons, s'étageant entre l'onde et le ciel,
Avaient l'air recueilli de nonnes en prières
Dans une église, au bruit d'un grand orgue éternel.
C'est là, défi lancé par nous au ciel mystique,
Que nous avons vécu dans le plaisir unique
De notre bel amour païen et sensuel.

Tout le jour, sur nos toits, le soleil en maraude
Était comme un chasseur déployant son filet.
Archer, on aurait dit que sa flèche âpre et chaude
Vibrait et crépitait sur le bois d'un volet.
Toi, dans l'ombre, en dépit de ces brasiers célestes,
Seule savais me rendre, à chacun de tes gestes,
La fraîcheur et le jour que l'Été me volait.

Quand le soir délivrait, pour prendre sa revanche,
La brise au fond des cieux devenus plus cléments,
Nous caressions, la brise et moi, ta robe blanche
Dans les jardins emplis de roses poudroiements.
Et vous, qui vous penchiez vers les ondes lacustres,
O jardins, vous étiez, en ces heures illustres,
Plus chauds et parfumés que des couches d'amants.

Puis la nuit qui rôdait, ainsi qu'une sorcière,
Du bois voilé de brume au flot masqué d'embruns,
Chassait, comme le vent soulève la poussière,
Vers nous des tourbillons éperdus de parfums.
La nuit et toi, je crois que vous étiez complices
Quand, dénoués, vers moi tes cheveux lourds et lisses
Croulaient et se miraient en or dans mes yeux bruns.

L'horizon était comme une cage brisée
D'où, beaux oiseaux n'ayant que leur flamme pour chant,
Les astres s'échappaient afin que la rosée

Amplifiât leur hymne en étoilant un champ.
Mais, avant d'ajouter leurs reflets à la terre,
On eût dit que certains fondaient un nid précaire
Dans les branches des pins qui barraient le couchant.

Notre amour ressemblait à ces loisirs d'étoiles.
Je le sentais soumis aux lois strictes qui font
Que le plaisir rayonne en nos cœurs et nos moelles
Autant qu'un astre au même endroit du ciel sans fond ;
Et je savais saisir la minute opportune
Pour goûter, quand tes dents luisaient au clair de lune,
Ta bouche, fruit bien mûr qui se fend et qui fond.

Je savais, quand, pour tous, les forêts en liesse
Dispersaient des parfums d'herbes et de bois verts
Savourer cette odeur de linge et de jeunesse
Qui montait, pour moi seul, de tes seins découverts,
Jusqu'à l'heure où, guerrier qui jamais ne transige,
Le soleil effaçait chaque astre, clair vestige
De l'ombre, et devant lui voulait des cieux déserts.

Alors les pins, rangés en bataillons sonores,
D'un prince hostile au jour semblaient les vieux soudards ;
Les cyprès, sur les monts que guettaient les aurores,
Contre elles déroulaient de farouches remparts ;
Mais la victoire allait à ces vierges guerrières
Qui, montant aux créneaux des noires cyprières,
Y faisaient palpiter de rouges étendards.

XX

Douceur et vanité de ces heures charnelles !
Notre amour fut si fruste et si simple et si pur
Qu'il nous quitta, pareil à l'oiseau quand, ses ailes
Poussant, il veut tenter les périls de l'azur ;
Loin des nids désormais trop tièdes pour nous plaire,
Nous étant dit adieu sans haine et sans colère,
Nous partîmes heureux vers un bonheur moins sûr.

J'avais déjà compris qu'il faut, quand on est sage,
Aux vins des voluptés mélanger des poisons,
Car le bonheur tout nu réserve le dommage

De ne nous rien laisser quand nous l'abandonnons.
Ton souvenir, alors que mon chant le réveille,
N'est plus rien qu'une tombe étrangère et très vieille
Où je lirais, inscrits par hasard, nos prénoms.

Le feu brûla trop clair pour laisser d'autre cendre
Que celle qu'en jouant dissipa le vent frais,
Et je puis, sans penser à notre joie, entendre
Encor la mer répondre à l'hymne des forêts :
C'est que le souvenir n'est vrai que si la face
Du mort se penche, à l'heure où près de nous il passe,
Dans des miroirs tendus vers lui par les regrets.

Et toi, qui ne fus rien qu'amoureuse et vivante,
En ces lieux où l'Amour et le Temps semblent faux,
Tu deviens un objet de doute et d'épouvante ;
L'Enfant a jeté l'arc et le Vieillard la faulx.
Vainement ta beauté jusqu'ici se prolonge ;
La corruptible chair pèse aux ailes du Songe ;
Le réel est un spectre au pays des tombeaux.

Pitoyable aux instants heureux qui furent nôtres
Et n'ayant que des mots pour les rendre moins vains,
Je t'ai gardée ici plus longtemps que les autres,
Mais sans tendre vers toi mes lèvres ou mes mains :
Je croirais, en voulant t'appeler ou te suivre,
Supputer, prince fou près d'un fossoyeur ivre,
La valeur de la vie en des charniers humains.

XXI

Adieu ! Laisse la place à ta sœur, la dernière
De celles que mon chant veut ici retenir.
Il me faut bien pencher mon front à la barrière
Qui sépare les jours passés de l'avenir,
Puisque je veux marquer aux strophes de ce thrène
Que, victime ou valet du sort qui nous entraîne,
Le présent n'est qu'un dieu toujours prêt à mourir ;

Il faut, dans le pays où le souvenir règne,
Que, sagace artisan de mon éternité,
Je réserve une place au présent, pour qu'il daigne

A sa mort devenir une réalité.
Il faut qu'on entrevoie en ces lieux ton visage,
O toi qui resteras, blanche, embaumée et sage
L'orgueil de mon printemps, l'honneur de mon été.

Il faut... — Il ne faut plus à présent que me taire.
L'ombre où tu me rejoins éclaire trop mon cœur ;
J'y vois qu'en ce moment encore, sur la terre,
Il n'est pas, loin de toi, de paix ni de bonheur.
Que tout ce qui passa bénisse ce qui dure !
Gardons-nous d'ajouter un mot, même un murmure,
Au silence, ce grand poème intérieur.

XXII

O Béatrice, toi qui le long de ma route
Comme une ombre de flamme es liée à mes pas,
Ne crois pas, faible cœur, esprit enclin au doute,
En voyant tant d'amours, que je ne t'aimais pas.
Durant plus de dix ans, de l'enfance à la vie,
Nulle heure n'est passée, angoissée ou ravie,
Sans que fût en mon cœur ton nom crié tout bas.

L'air semblait lisse autour de ta maison si blanche !
Une invite d'amour peuplait les pigeonniers ;
Mais les menus fracas dont frémit un dimanche

Rustique se mouraient auprès des peupliers
Stricts, qui, près de la route et des longues prairies,
Paraissaient surveiller les vertes garderies
Où tes jeunes chagrins demeuraient prisonniers.

Toi, (je le tiens de toi), tu ne savais comprendre
Ce que peut un décor de si haute vertu
Ajouter de tendresse à qui se voudrait tendre
Et d'ardeur généreuse au courage abattu.
Pour moi, l'enfant rieur joignant mes mains aux tiennes'
Chaque heure murmurait d'adorables antiennes.
Mais, toi, que disais-tu ? Mais, toi, que pensais-tu ?

Rien, sans doute... Et, ceci, c'est la pire des choses !
C'est, alors qu'on peut vivre en vers jusqu'à mourir,
Accepter pauvrement la plus vile des proses,
Répudier l'orgueil, renier le désir.
Quel abîme, ta peur de tout et de toi-même !
O toi qui te voulus sourde au divin poème
Où fut ta joie avant d'essayer de souffrir ?

J'avais un cœur si pur que tout m'était sincère,
Que tout émerveillait ma naïve raison,
Les cris des passereaux, les jets d'eau, cette eau claire
Que Janvier raidissait autour de ta maison,
Et l'eau trouble du lac où Juin menait par couples
Des serpents cinglant l'air de fouets doubles et souples,
Amoureux de l'amour, de fièvres, de poison.

Toi seule as prononcé les mots inoubliables,
Dorés comme au soleil la neige des sommets ;
Mon jeune cœur épris de splendeurs et de fables
Les retint, puis sur eux se ferma pour jamais ;
Mon cœur viril, sachant leur puissance et leur charme,
Les contemple au delà d'un rire ou d'une larme,
En jaloux... Mon excuse est simple : je t'aimais.

Je t'aimais, je t'aimais, et c'est tout ! Je l'avoue.
Et reconnais aussi qu'il fut doux, par hasard,
De sentir tes cheveux me caresser la joue

Et ta voix frissonner, par un soir de brouillard
Et d'automne, mouillé comme un rire d'aurore...
L'un de nous, moi peut-être, et j'en frémis encore,
Murmura simplement : « A demain ; il est tard... »

Il n'est rien de nous deux que je ne me rappelle.
Petite fille au front paré de fleurs des bois,
Un jour d'Assomption, au seuil d'une chapelle,
J'ai vu tes sombres yeux pour la première fois.
Plus tard... — Mais à quoi bon conter toute l'histoire ?
Espoirs morts dans la vie, au fond de ma mémoire,
Pitoyables enfin, faites taire vos voix.

Sache-le, cependant, nulle autre n'a pu croire
Qu'elle serait pour moi la halte où l'on s'endort,
La source où l'on désire éternellement boire,
L'oasis où l'on vit sans penser à la mort ;
Au lendemain des nuits qui leur ouvraient ma couche,
Leurs baisers me semblaient s'égarer à ma bouche
Et mes yeux restaient clos pour te revoir encor.

Tu fus l'image unique aux feuillets du beau livre
Où — consolation de mon précoce ennui —
Je relisais, sans fin, le conte bleu de vivre
Pour l'amour d'un amour qui m'étonne aujourd'hui,
D'un amour qui m'eût fait, moi l'homme et moi le maître,
Asservir mon destin au destin d'un autre être
Et, pour vivre ou mourir, ne compter que sur lui.

Mais, toujours au zénith de mon ciel située,
Étoile qui guidas mon espoir enfantin,
Ta lueur que les ans n'ont point diminuée
Fait de mon existence un éternel matin ;
Et ton nom, si mon âme humaine était mortelle,
Jusque dans le néant resplendirait sur elle
Comme un nuage d'or sur un soleil éteint.

Tout ce par quoi la vie est belle, ample et féconde,
L'enthousiasme, et la douleur, et la fierté,
Voilà ce qu'en t'aimant j'ai conquis dans le monde ;

Quand j'ai banni l'amour, ce trésor m'est resté.
On n'aliène pas un pareil héritage ;
Ce ne sont pas des biens que l'on peut mettre en gage
Ni vendre chez des Juifs un jour de pauvreté.

C'est pourquoi, sur le sol de ces longues allées,
Tes doux pieds à jamais ont marqué leurs contours ;
Ton nom demeure inscrit sur tous les mausolées,
Ta statue est debout dans tous les carrefours ;
Jadis, tu t'es penchée au bord de la fontaine,
Et tu t'en es allée, et cette heure est lointaine,
Mais les fidèles eaux te reflètent toujours.

XXIII

Et maintenant, partons. Aux pays de la Terre
L'aube, luisante ainsi que la pointe d'un soc,
Écorne le ciel dur et noir, où la lumière
Jaillit comme du heurt d'un métal contre un roc ;
Au jour clair des vivants rouvre tes grands yeux sombres
Le réel te rappelle, et le peuple des Ombres
Se disperse avec l'ombre au premier chant du coq.

Relève tes cheveux épars sur ton visage
Et cours à ta fenêtre èt souris au soleil !
Ton cœur ne gardera du nocturne voyage

Qu'un vague souvenir et qu'un trouble pareil
A ceux que fait parfois en nous courir un songe,
Quand, dans le fond obscur de notre âme, il prolonge
Sa teinte gaie ou triste au delà du réveil.

Mais, désormais, pensant bien souvent à ce rêve,
Tu te diras : Quoi donc ? Est-ce vrai ? M'aimait-il ?
Je l'avais oublié. L'aurore qui se lève
Marque-t-elle pour lui le retour de l'exil ?
Et, seule, tout le long de la lente journée,
Tu sentiras, pensive et la tête inclinée,
Les jasmins t'enivrer d'un arome subtil.

Je répondrai : Trop tard !... Arrière, tentatrice !
Hors du Temps, au pays dans l'ombre enseveli,
Morte parmi des morts tu fus ma Béatrice ;
Je t'ai soufflé ce rôle et tu l'as bien rempli ;
Mais la pièce est finie et la toile est baissée
Et je n'ai plus pour toi, lointaine et délaissée,
Que la morne pitié qui prépare l'oubli.

ABBEVILLE. — IMPRIMERIE F. PAILLART. — 8-20.

www.ingramcontent.com/pod-product-compliance
Lightning Source LLC
LaVergne TN
LVHW020318230826
846091LV00003B/717

* 9 7 8 2 0 1 9 3 1 4 3 8 5 *